這首詩題名作牆　並建築在心坎上　永遠隔絕著世人　別不相信這道牆
雖然是窄小狹長　並不遜於須彌山　等待著劫火洞然　其名相還須確立

心上的　屹立著的這道牆　鐫著現前的詩作　無關乎它的背面　粗糙的
這道牆　其背光面是正面　毋須關心其刻劃　反正被自身阻隔　這心坎

沒有餘力恭楷它　字跡潦草而淡漠　掌燈人生命垂危　只垂危而不死去
這教人如何消受　刻劃不必再繼續　生命既然很虛軟　只剩得餘力喘息

費些力　砌起一塊塊詩塊　縮頭也講究美學　掌燈人不理這套　隨便地
築這牆　急躁地頻頻催促　而節奏總是不對　刻劃僅淪為附屬　構築吧

誰耐煩鐫些什麼　既不受地心引力　牆頭根難以分別　鐫正反何須計慮
意義橫豎不確定　說什麼不也白說　顛倒也是不顛倒　我只在內外徬徨

虛無中　磚塊一塊塊成立　我要與世界分離　讓生命丟開世相　流轉在
空白中　黏擠成為這道牆　永遠暴露同一面　讓虛無的牆存在　空白中

空白是磚的黏劑　磚當然也非真有　牆竟是實然存在　心卻只含藏虛無
時時在等待意義　在承認中實質化　即使不具有功能　至少是不會留白

牆之詩　或許可視為皺紋　新生而同時老去　老去且不免嘴碎　故為詩
很流離　佈滿磚頭的表面　內裏卻沒有一句　全是外露的無聊　等斑駁

這道牆永不斑駁　如這詩永無新意　我活在一種限制　牆是不會走動的
我讓它成為恆定　時間看成斷滅相　沒有窗戶的寂然　正如心是規矩的

詩之牆　冷白而不帶詩意　儘管說著許多話　自己也蔑笑自己　觀照出
冷且白　堅硬而乏於感情　刻劃都盡是傷痕　渾身滿佈著刀疤　是冤情

這牆雖不致斑駁　刻劃且永保如新　它的休止符間於　世界末日創世紀
因為成立於空白　不介意世間虛無　我心焚滅的偶爾　它依然冷白面對

掌燈人　喘息虛弱而嚴厲　砌的牆倒還平正　工程已快要結束　牆的高
極險峻　我將與世界揮別　願鎖住一切的願　這是唯一的要務　很重要

掌燈人生命垂危　我老在等他死去　這明明辦不到的　這牆也永遠不倒
而這牆終將完成　自由一向太奢侈　既然分離是宿命　也別期望牆缺角

唯有芭蕉
知雨

詩短調・一疋碎花布

張至廷 著

目次

殘叢小語

╳字架

方陣詩

逃恩的雲豹

附錄

從藝術論到詩的解讀

殘叢小語

黃昏

我們背靠背，站在屋頂眺望
妳望著自焚而膨脹的火球，淪落
半空中稀白的慘月正開始吮著殘光
長久的，毀滅與迴光

・

妳面對的天際也燃燒起來
紅色的燄火外是逐漸裹緊的黑灰塵霧
像滾滾的魔軍正瀰漫大地
遠遠的月點，將抽高、吸盡所有的光芒
看看近處，

黑色的鴿群繞著、繞著
爭食這殘光
．
那邊一頭狗站在屋頂邊的牆緣上
探著頭望向地面
另外一邊，頂棚鴿舍漸漸啁啾
瞭望著灰黑的征塵已然集結
我們轉身走下其中一座
頹圮的巴比崙塔
。

出了家門

像童話，為了回家的路
我們沿門吐著世俗的
詩句
．
缽裡便收錄
每一宅門流浪的專輯
。

半個月亮

今夜中秋
起始是看不見月亮的
我住的雖是頂樓
奈峰峰的高廈磐阻
．
一個小朋友說
「月亮出來了」
．
月亮何曾不出來？
我在看不見月亮時也一樣沐煦著

輕柔月光的撫摸
・
而月亮
滿滿的銀盤整個出現
在巨廈之間
・
有一個時候一定是
半個月亮
。

給預言家

讓我們來玩個遊戲，
洗去焦慮的遊戲
先用森林的精氣塑成神像
到處募款
我們，只接受他們失意的一切
．
然後，預言家
你將宣示神的奇蹟
諸如地球壽命、審判已決之類
壯大他們的驕傲

給他們補不起的洞

・

預言家
你在流浪動物所發放失意的速死劑
到處播毒
扶植邪教
只為了告解這世界的無賴

・

而後，必有狙殺預言家的行動
在每一個政權中暗暗立案
預言家，
另外，聖戰亦將驚啟
你所掀起的遊戲
必會隨著你的名聲燃燒

至森林復甦
及，預言家，
你我的消亡
。

愛海芋的女孩

妳不見時
我習慣在海芋田裡流連
在海芋的每一捲清白
誣衊著我的思念
等待妳不忍的嗔笑
來清洗她
。

花祭

門前小坡常開在四季的玫瑰是伏在
樹枝的變色龍
而山道上突兀一株彩色的牡丹從來不曾
凋謝　飄零之後暫棲於此
崖邊白色的蘭芷誤飲一絲色素是
暖色系中明度的
・
（我在石壁棧道運補偷取蒼天的甘露
正在徘徊）
。

遇見

踩著落葉的脆響
吐納盡是蕭瑟
・
碎裂已經失去痛覺
只剩節奏
・
當腳步遇見地面
黏住陰影
・
不斷消逝的影子

繼續製造
．
當枯葉的碎響奔開
蒸動微風
．
回頭午後繽紛的嬉笑
妳站在那裡
。

一朵西班牙紅玫瑰

這是一朵西班牙紅玫瑰
　從不採取柔嫩的策略
辣色的瓣衣滾動著我
　思緒被騰騰圍繞沖刷
昏紅恣笑無節奏的浪潮呵！
　妳無間地一波波來襲
正好遮蔽午後無趣的清晰

•

被迫歡愉的吉普賽姑娘呵！
　我從妳荒謬的舞姿推論出

寂寞與疲憊的網狀邏輯
絕對是蓬車染上軌跡的毒癮
我將為妳獻上一朵西班牙紅玫瑰
她的迴旋絕不亞於妳的完美
那是剝蝕人們心靈繭衣的磨盤
也是 Eros 獻上最狂野的熱吻！

．

妳是個忙於製造昏炫的女郎
不斷流動的身軀搖曳的肢體
曾經攫住多少燭光呵！
我問妳到底尋求些什麼
這，紅色的西班牙紅玫瑰
妳又綻放了一次，告訴我

・

「我只是個極度極度害羞的
今天，既不是過去也不是
　未來，未來究竟是什麼？
我只在今天流浪，跳舞，死去。
　先生，你並不最喜歡今天麼？」

・

啊！灼燙的西班牙紅玫瑰，我愛妳！

。

關於愛情

關於愛情這場陰謀的風暴
在襲捲熱力與酒精之際
在散發苦惱的龍涎香精之際
是水手畢生狂熱的生存意義
咀嚼了起伏剩下的浮沫
在風平浪靜的喘息中
悄然，死去並安撫無力的海洋

・

麝香呵，你這 Pandora 的花浪
　隱起你崎嶇的身形躡行

像一群沒有紀律的小矮人
正分食一頭祭神的羔羊
羔羊既然在神的殿堂被
無端墮落，當然具體的奉獻
是精神的蜜糖，總比
神的饑餓來得可靠而實在些

・

枯骨呵，妳也曾擁有愛情嗎？
我從妳傲慢的消瘦中得知
偉大愛情病態的永恆
你的鎖骨如此細弱何以承載
狂放的思潮，作為各種無預警的衝擊
而也不甚堅強的股骨如今
停止擺蕩，似乾涸的海洋

你必遭奉獻而遺棄，不如枕頭的柔軟
唉！你這愛情的殘渣
。

欲求

「思想」猛然篡據我的腦且巡查
　通常只是勒緊脖子
拆掉了幾根發腫的神經補上「情欲」
　這真是史無前例的合作
構築了一些隨便的工事，記錄分貝
　猜想只是為了豎立號誌

・

街上堅定的靴聲提示
眾人皆知的宵禁與禁止竊盜
衛士的佩劍砍殺噬血的蚊子

厭惡勳章的蚊子帶著憐憫
將情欲注入冷血衛士的臂膀
衛士終於成了發汗的動物

・

衛士在我的腦中巡查
　為了保衛國王新頒的道德律
他們變成我的奴隸
　我用精心鑄造標準規格的
「道德」賄賂他們，有些是簇新的
　有些是黑市流通的珍貴骨董
他們為了道德的情欲，也就發汗

・

忠貞的衛士，可真辛苦呵
　在街道宵禁時熱絡地值勤

我請他們為我傳遞花朵與書信
當然，是住在我夢裡的少女
她是第一個被國王道德律圈禁的
異教徒，總是有著邪惡的美麗
　關於她的信仰，不說也罷
卻是國王的法律，與人性的尊嚴

•

可敬的蚊子呵，我讚美你
「道德」不是我所能收買你的
自主性，是我強烈的欲望指使
衛士送達了我骯髒的汗水
　而我體內澎湃釀成的花蜜
願用血的代價在我腦袋腫痛欲裂的夜裡
　為我與吾愛交流發汗的情欲

。

宿娼

所以我死在床沿
・
瘸行的睡眠
與蹎蹠的生活
總沒有思考來得流暢
・
想與睡眠私通
不要道德的睡眠
就如歷史從神話開始活躍
　神話從歷史開始殘廢

•

我也許渴求規律的死亡
　或者死亡的規律
我必須開始懂得畏懼與屈服！

•

「我是一個弱者
（既然叢林被我創造）
我小心的躲避各種強悍
獸類　（彷彿我很怕毀滅似的）
如果我不欺凌弱小　我必欺凌弱小
　只與弱小媾和

•

用失敗攻擊巨獸
啊！只是充滿傷害及衝突不斷的和平

我尚未足力以我的死亡毀滅一切」
．
我死在床沿
懷抱著賣淫的睡眠
這柔靡的娼婦！
。

字的傳奇

右手熟練寫字經年動筆
這是最優秀的筆純金打造當然很重
只得道出精鍊省字的古文並且
毫不流行的

・

左手計劃臨硬筆字帖
筆畫的真實都是不確定的美感
是一種不像的象徵
既然寫不出典型的字跡
不如勾勒一滴淚

較容易

・

還有的一隻手　欲鑑賞歷代法帖
潛在的一隻發現的手曾經發掘摹寫古人的
法帖　因此是新科的遠古記憶
等失傳的我的名帖假如存在
才去挖掘吧

・

（我的眼睛非常酸楚，在崎嶇的書桌上
　看不清字跡　）

。

掙命——給願看的人

剜瘡書寫
你們不把命當一回事
以詩死

・

可以以詩死
命盡付予詩了

・

你啊，好大的生命渾包
生命、生命及生命
也以詩一盞盞包裹

・

那個青春

他用詩及生命換了一些靈感

填瘡

・

那個老態

他開啟

不再壯年的詩檢視，所

不免磕碰的殘損

・

啼哭終日，

然後吃飽補眠，運功

足張的詩重新包起

渾渾一盞盞

「我的命啊！」

。

好個前航

諸如此類諸如此類
諸如此類，諸如此類

・

非此非彼，非此非彼
非此非彼非此非彼

・

頭髮在不變的公轉中加速自轉
翻開幾頁，都是非常嚴整的彈坑
我們一個個都是精準的石英振盪體
可是我們需要自由

・
根據古法：眼鏡一邊圓一邊方
我們還在尋找，諸如此類
・
床前管他是光是霜
只要注意疊韻就好
舉頭望遠鏡
低頭顯微鏡
・
結果我們正是：非此非彼。
。

懂

我會寫你愛讀的詩
但如果你愛讀我寫的詩
反之亦然

·

我之不曾寫詩予你
你亦如是。

。

連身套裝解構法

套裝的連身斷不如韻腳綿密
一步步踩踏縫製邊圍
美男計與社團斷不如飯局渴笑
這個風姿綽約的研究所學生
塗抹的口紅海報很宣傳
戲劇復辟校刊回家換裝赴另一場宴
極端的忿恨美男弔詭計策
馬上換韻連身套裝不夠含蓄
換穿不同社團而飯局裸體

身上的刺青就是碩士論文
飯局仍然比較重要論文更動題目
不套裝因應複雜形勢包含飯局
麻煩事天天都有口紅再塗一遍
社團辦公室虛席以待飯局
於是研究室也不很重要
飯局定義在酒酣耳熱後的香汗
酒過八巡也就再補口紅
這個風姿綽約的研究生先斬所有韻腳後奏詞組拼貼
套裝的連身一分為二套氣溫的藉口
論文的字跡開始腫脹
口紅這次不必再補上
飯局的酣熟之中每一杯酒
都解構社團研究室與論文

套裝裸體
連身刺青
。

殘叢小語

賦無鬼之路歌
車右食日晷拉磨碾
一卷卷舌
一舌
六十世事
凝凍者四言三拍
春來五言四拍
故戎馬交夷紫河車陣
自填一眼
竟開光

•

的盧私通了箭雨
反芻了碑址
燕然山腹難產的孽鐵
篡還正朔

•

時至今日
我們依然戀著
而愛情確然不可以不崇高
。

窄

窄窄的城市，窄窄的路，窄窄的門，窄窄的甬道，窄窄的鞋，窄窄的衣褲，窄窄的桌子，窄窄的書，窄窄的餐盤，窄窄的鈔票，窄窄的門牌，窄窄的銀幕，窄窄的窗，窄窄的天空，窄窄的瘦身廣告，窄窄的期限，窄窄的渴望，窄窄的枕邊人，窄窄的職掌，窄窄的節慶，窄窄的昨日，窄窄的犯罪，窄窄的劇情，窄窄的性別選項，窄窄的頻寬，窄窄的文章，窄窄的胸部，窄窄的路況，窄窄的精子，窄窄的後門，窄窄的巴掌臉，窄窄的情意，窄窄的請求，你窄窄的一路看到窄窄的這裡，我太胖了。

。

戰筆

就算你是一扁極雅落拓的削舟
載不動許多愁
．
你在大後方的一角掌握戰局
多少血淚你都讀遍
．
小子，憑你翩翩的舞步
死擠不出撞捲馬刀的刻痕
。

貓姊妹們，奮起！

貓姊妹們，奮起！
奮起！
你們的貓糧在貓食盆裡，
清潔的飲水在貓水盆裡，
貓砂已經加足，你們的氣味也
確實隱藏得很好

・

貓姊妹們，奮起！
奮起！
貓木你們雖不愛

貓草你們也不屑
逗貓棒？啥玩意兒？
但你們不能終日只在衣櫥裡
在鋼琴後

・

貓姊妹們，奮起！
奮起！
餘震還有很多
在未來二週裡
讓我們追隨偉大領袖
完成貓族不朽的
抗震大業
。

決別

不是訣別
萍蹤當然可以各自
如煙的
幾種不同品牌
・
也絕非無緣
但是參差
比高
・
你我誰無志氣？

所以就放任
就放任吧
是決別
。

巨人之淚——聞所告解

雙眼發亮兇巴巴的
小獸
掛著疑淚從神殿衝出
只為扮累了扮不來
優雅閑步的神獸
・
射程如此而已
在樹洞裡舔舐傷口的兇狠
恰好足夠破碎神殿居民的眼淚：
「啊，我兇巴巴的小獸！啊！」
。

抗FM2多巴胺試射

真的好痛
包住的狂笑很燙
這說明強姦正犯參與辦案

・

別以為他是奸細
他、也接受人體實驗
而從犯都是榜首
且無限額

・

然而藥效過後

必能完成重新編號的成本概述。

燃燒的畫作——寫Vincent van Gogh

他的肉持續地生長
不得不將之批削下來
帶著揮發不盡的紅色凝汁
塗抹在畫布上
再點上一把火
才會安息

・

在削瘦的外表下
他比別人肥胖太多
自從開啟心的泉源

這極端不耐煩的好奇者
用什麼消熔了堅固的堵塞？
再也無法抑止的激流
衝上了雲端

・

或者，焚燬一切
你們賴以維生的文化
這樣一把天火
荒漠的部族
卻以為巫妖降臨

・

是的，的確類乎某種巫術
他非常淒厲地割裂自己
朋友，你並非承認污垢屬於你的肉體

所以快意地刷洗
如果，你忽然發覺了生命的豐沛
生命必然滿溢出來
．
你必需讓它安息
直到你成為通往大海的河流
。

心靈之苦

前面走過一組行人；
　一個目光呆滯，
　一個打著呵欠；
　座位環繞的橘樹葉非常茂密。
．
如那個人！陽光的捕手。
　不要承受太多的愛去恨。
而剛才回頭走的一組行人；
　一個打著呵欠，
　一個目光呆滯。

・

你們將用什麼來祀奉橘神？
失去信仰的人們！
　你們實在太迷信季節了！

・

你們需要果實，
所以我藏在樹葉。

。

生之痛

劫走你在腹腔玩膩的陰謀
你將她給了我卻
在她的腹腔顛覆我的狂想
我的思潮難道必須在彼
衝激、回流、分裂與縫合？
神哪！我閉鎖眼睛
請她舔舐我內裡一道道
不潔的疤痕

•

是誰告訴我流亡能得到真福？

當堅決的縫線掙了開來
我的歎息散去餘溫
而我將在熾熱熔融中敉平傷痛？
到付與劫灰之後堅冷如鐵石？

・

她哭了
我的膿瘡貪婪地吸食著她的淚
藉由傷楚自虐的甜蜜
驅趕破碎凝固的血漬
具體而浮誇的鮮嫩
正偷偷地跳動

・

而你！擰著焦黑眉頭的神哪！
你將陰謀植入她的腹腔

刺痛著我的臉頰
猜忌她環繞我閤眼膜拜的頭顱
她的雙臂，在我的腦勺腐爛
．
我將與她融為一體
神哪！與你的陰謀！
。

敗壞的螺旋

高潮之後的虛脫
還沒受精
是誰帶來五百元的虎狼之劑？
勃得更起

•

原本的剝裂
變成蛻蛻
絕對可以晉級一次七夜郎

•

破舊掉漆的神像

餵你年糕
回天上去吧
・
而真該被安樂的
絕非街頭的小浪浪
。

腐爛的一代與浮濫的一代

我們是腐爛的一代
頑固而腐爛
所以爛得
很硬
比如鹿角柄的小刀出土
其實還能夠
殺人
只是少了那麼點
痛快
在慢慢失血而死之前

也可以
破傷風在街頭
歸位

・

我們並不腐爛而死
我聽到至少兩個
神諭
腐爛終被浮濫
終結
浮濫的一代
在腐爛的田中兇暴成長
所有被迫餵養的毒素都可以
像病毒幾何變種
成者為王水

敗的至少也是流寇
將消滅我們這
腐爛的腐爛一代

•

至於二代目如何防腐永垂不朽
恐怕仍等待
新的神諭
正是
「諸神不死，大盜不止。」
謝謝觀賞
下代同一時間
請收看續集
本節目由神通落花春泥事業提供
。

聲音

琴鍵隙縫長出雜草
枯的骨爪停在
解答的和弦
．
風化的痕跡
還在透支追悔
鮮嫩的雛菊
。

切換

鄉民、神與妖魔
與不斷閃現的內存不足
我能刪除的依然只是朋友
・
客觀對我來說
何苦一點都不客觀
。

卿是雲

鶯啼燕囀蝶舞蟬鳴世界繽紛
於是石崩
一朵很辛苦的閒雲正在勘災
。

精進

（見法師小缽一撮鹽醃瓜了卻一日食，遂作。）

老師父，您等我，您等等我
待我枯木像您的老
我必饜足缽裡這三錢單鹽醃瓜
不似如今加嚥兩器米飯

．

寺裡虎似精進僧眾耳語
我亦聽不聞：
老人家亦如此吃

如何貧僧敢不淡泊？
慚愧闍黎飯後鐘。

誰說不是夢話

這一些失眠的老師們互相喊話
醒醒吧醒醒吧醒醒吧
醫師朝他們乾澀的眼球噴
殺蟲劑，以為能治飛蚊
症

．

您要做一個節能減碳的動作我也做一個
不反對的動作
我知道您做了吃完糖醋魚的動作
會做一個不換盤子的動作

繼續做一個裝了果凍的動作
然後做一個吃果凍的動作
・
而我依然做一個不反對您的動作
在您做一個叫我醒醒吧的動作同時
動作
。

自娛的年關

早上起來想到為什麼早上就起來
開始構思今天要做正事以娛人
上進為前途以娛人
自我實現以娛人
減肥以娛人
還是
把攝影鏡頭關掉以自娛
．
先泡壺茶自娛
早晨空腹省錢自娛

午餐買一團飯自娛
吃飽睡個小覺自娛
看戲劇電影自娛
看漫畫自娛
年關不能不採買自娛
以最摳的採買自娛
看空的錢包自娛
・
餵貓清貓砂自娛
丟垃圾自娛
・
畫個小畫自娛
拿菜葉剩下的粗梗切碎煮晚餐自娛
・

煩惱畢不了業自娛
年夜飯熱一點拜拜剩菜自娛
計畫明天拜拜自娛
不自言自語自娛
準備臉書上看年夜飯照片自娛
看人吵架自娛
看人被贊成與反對馴化自娛

•

關了電腦自娛

•

寫字寫小說自娛
拿書送人自娛
做白日夢自娛

•

寫詩自娛
・
洗澡以自娛
大便自娛
・
想著乾脆拔管自娛
。

敗骨

雨你走了也無所謂
並不會天氣晴
・
反正浴缸已經漆上裂縫的顏色
看不出永遠沒有水再停留
誰都在擱淺
空氣中立體的刺青
或變形的視網膜
・
或把你捲燒著

化為燻黃的文獻
邊坡以下是遺失的已知
海底躺著幾百具我的腐骨
有的還在掙扎
而死的可能已經死了

．

還有我們合力埋下我的真身
你親手立碑
鏟掉字
在休耕的荒田上
燒掉地契
推坍的房架
裸出破裂的浴缸裡
我的骨骸散置成你睡眠的姿態

・
多久沒祈雨了！
我又怎能腐爛成沒有地契的田產？
。

禮物年代

兒時是叫貨的老闆
總學著跳躍
長大淪為送貨的伙計
開始懂得彎腰
。

幢幢之靈

詩一開始滲入你們的語言
你們就注定更識悲苦
而且勝利

·

當然，悲苦已是你們的狂喜
像盆栽種出毒株
引你們升仙

·

今後你們不是人
將踩碎時空

生吃彼此靈肉
切割永恆
・
你們必將失戀
與戀人緊緊相擁失戀
・
最後你們的語言只是詩
你們即是泛靈
。

致冒險家

你在開採回家的棧道
多少指甲埋在溪底
因風而起的菸葉
化作冥福

・

黑糖的陰謀你四歲就揭穿
但你的嗜愛不在大腦
在錢莊
有時你拿書去當
簽下符咒

．

每個焦糖的黑夜
要用墨水裝瓶的點滴注入肝臟
我豈不知你血色暗紅
複眼散光

．

為何要攀岩回家？
人髮的三合絞絲已經夜夜配給
你輕便的鞋帶
都在肚臍中流淚

．

你是童真
如果殘破，
慈母手中白髮

日夜補綴。

淡茶佐史

淡淡茶也萃取茶株
生成歷史
但能否嚐舐掙長的苦厲？

．

歷史也變成奇香
血汗殘肢腦髓都轉世
墨香，伴著茶香
皆作為午後清供

．

啜飲聲、沙沙聲

顯化齋房裡一種跌宕的靜謐
。

野

琴鍵隙縫長出雜草
枯的骨爪停在
解答的和弦
・
風化的痕跡
還在透支追悔
鮮嫩的雛菊
。

缺席之必要

濃重的酒精將知識質量
轉化成各種能量限定在
一定頻寬被推測成圖表
甚至在天候不佳的濕冷中
才驚悟出廉價高效的
燃料在荒僻的加油站中
免費以雞尾酒的形式
但這似乎只是個受兒童喜愛的噱頭罷了
·
知識這輩子降落在課堂上

學生的來不及承受有時
只因為老師具備嗜酒的品行
他在上課前一刻核融合
咬嚼不爛的火不再冷靜
於固態之必需將質與能縫合
他在巨大的爆炸中開始
酗酒也是在不同的醉裡
浸泡不同品牌的永恆
他常常在上課前一刻才猛然病酒

•

這個宿醉的病態學生
當老師又發現他稱病缺席時
他正在分辨酒精的氣味
所以他的臉紅了起來

。

學院

—夜啼—在中央大學文三館

致一切的歡樂與宿外
肯將迷情換豔色
。

—夜迷—在中央大學中大湖

黑澈的水
靜涼猶鬼
她記錄不下千對男女惡行

的歡暢

。

—苦景—在中央大學新研舍

雖然我將離開
此屬我死之地
如果，親愛的
即使我屍骨無存
為我種一棵樹
面對黃昏

。

—鑿—在宇外

不在無垠

散作血沫
我們都吐盡幽光
使幽暗成形
。

學院短調十帖（夜・中興大學）

—座位—

受禁制的門
向內呼吸
火災是一種流行的
課桌椅
手機每天響個不停
只是戶口普查
。

—文學—

沒有神主的文學院
失戀成為一種狂愛
校園的人群
未打掃的落葉
・
文學院的碑碣口渴
。

—學術的反思—一—

研究所今年剩下兩顆門牙
老人從疏落的樹間走過
不是散步是一種美學

稀少也是一種美學

・

大學部頭髮都白了

・

物理式的魏晉

植物系的植物

。

—學術的反思—二—

樹有睡覺

貓也有睏覺

最重要的是

論文必須細分章節

・

學者假使改行寫詩
。

—課堂—

不知道課程
皮帽覆在地圖上
・
老師會吹肥皂泡泡
下墜的
・
黑板每開一朵花
紅筆就斷裂長城
白馬進來
馱燈光出去

。

—夜間部—

很少人到校園為了看月亮
整個世上壓根兒就是
夜間部這回事
・
・
每一棟樓以及樓外每夜發生
。

—脫離—

成績單放進洗衣機的陰謀
被我自己識破

・

誰的獎狀放進洗衣機的陰謀
可行
是一個競爭的年代
。

—確定—

流浪之狗啣著二片
綠葉
也會飄
在通知學生註冊時間

・

校園之框護流浪
公告欄之功能

印鑑關防
左下角
。

—校務—

新生報到
・
報紙刮骨療傷
・
教授眼鏡沒有速度
・
教官退席剔牙
・
新生報到

。

—二夜—

他在課堂上默想
夜半的太陽
答題紙的蒼白
印製明天

・

窗比較涼爽
答題紙搽蜜粉
教師抹口紅

。

荒蕪象限九帖

—重覆—

給我一個字
具體的
二個字來分裂
一串字作詩

・

稀薄的
字
之於妳我

死時

‧

寫禿的胎毛筆
霉斑之於妳我

‧

那曾經是地平線的菊花

。

—溫暖—

爬行在煎鍋裡
翻身另一個睡眠
一夕數驚

‧

寧靜夜

・
魚想要伸出爪子
・
浮出煎鍋
麻醉開始生效
・
血泊、濃溫、爪子、殘夜。
。

—定義—

家太溫暖所以
出門涼快
青草茶的辣
可以養顏美容

・

找來一包煙
點一杯咖啡的續杯
應召女郎走過來
我照例打嗝
。

—耳機—

音樂阻斷星空
他吞沒風沙
紅燈終於准許右轉
我也照做了。

・

星斗與音樂的風沙聲

被每天反省

・

潔白的綠燈

啞了嗓音

。

—每天—

還有

我不應該使用梳子

鋁製罐子

拉開戒疤氣泡

蛇昂頭起舞

・

親手佈置的房間

都攏飾明天的記憶
它們讓昨天的未知出家
。

—霉—

酒釀的李子
化學式因分解味覺
酸分之甜
套房出租分之
我是學生
．
他出門參加迎新
醉醺醺回來
開始釀出消毒的酒精

。

—死之華—

某人媽媽的貓死了

・

她在廚房煎煮藥劑
搓揉丟進一丸花露

・

每天澆花

・

媽媽生病的暑假
註冊時間
她把貓扶正

。

—寫作—

螞蟻爬行完整個門限
成就永生
另一頭螞蟻揹著糖粒

・

鍋裡煮著雨水
他吐了一地
撿拾空氣
置入我的口袋

・

我是一句食蟻獸
吐滿衣袋的食蟻獸
。

—生活都是節錄—

安全帽的秋光
草葉即興踏青
車禍如果必須發生
森林就必須有種規則
結婚儀式才會在此發生
．
紅色地毯的鄉音
各種潤滑油都被生產
．
短暫如飄高的氣球破了
。

活性乳酸菌

—乳罩—

我坐碎我的眼鏡
從妳的存在
到最大色情網站被抄台
但在光天化日之下
我寫信給她

·

臀部與椅套永不齟齬
對妳或她

。

—乳尖—

同盟草約備忘錄：
第一點，有條件最惠國待遇，分針
第二點，高峰會議不定期召開，棋譜
第三點、第四點……點點點

・

自殺建築的摩天大樓
其稜線切割濕暖

。

—乳暈—

打水漂

我用私章印記
每一個歲月
潰堤，有點道理

・

誰吐煙圈
剩下昨日的甜甜圈
他說，圓形的吻
是未經包紮的傷口
。

－乳房－

地震帶在
這城市座標最高的工地
海拔依舊兩可

破土典禮醉臥的紅葡萄酒瓶
．
推土機也是虛榮的
當地震發動時並不罷工
涔涔的酒精蒸散後
疲乏的機件享受餘震的按摩
。

—乳溝—

把掙扎上膛
戰士是一掬水
老兵不死
悠閑燃起煙草
．

即興埋藏的烈士塚
獵殺，
是靈魂躲在塚後的神性
。

女人四季

冬鬼—她在這樣人們不能忍受的低溫變硬變
冰一切不再流動也標本化把生前一生及最後
一刻的驚恐典型取樣以為定讞的時刻中竟然
只是著著一襲像她法力所覆蓋你眼中所見所
不能見的或靜或狂的白雪銀色的惡意般的白
色半透明薄紗慢慢巡遊校閱一種全面的凝結

・

夏神—然後她在下一刻就踞坐在我們行走幾
世不管磨破幾雙鐵鞋也無覓處抬頭一看卻在
面前的八光秒外一張舉世黃金也不足以鑄造

的寶座上從她戴著的舉世萬世亙古的黑暗也
不足以煉製的玄色太陽眼鏡之後的更加沉黑
深邃無底的雙眼中看著我們每天不停的汗水

・

春魔—然而有人說她只是藏在春天的喵喵叫
裡的那一絲既勾得人心兒跳喘個不停同時在
我們一場大汗淋漓之後只想環抱著及被環抱
著的他的鼾聲大作中蜜蜜回味那餘韻的夜晚
中在自己輕輕的鼻息中沉沉睡去並夢見身邊
的他的一切溫柔疼愛中卻吵鬧就這樣吵死人

・

秋娘—我所愛的有時候就像秋天涼涼的不膩
人不溫也不熱的娘子總跟我說她的毛病是除
了時時冷淡得如萬古凝結永不融化的寒冰且

忽然就會高傲似盛夏永不熄滅的一個加九個未被射下的太陽又忽然在快到二十八天期時會好好再榨乾我的臭汗之外就是個賢淑閨女。

戀之況味

—自戀—

魔鏡呀魔鏡誰是世界上最美麗的女人
正就是妳呢妳每天看她不下數十回
魔鏡呀魔鏡誰是世界上最美麗的男人
不就是我麼妳每天看我不下數十回
。

—暗戀—

你不會記得昨天微不足道的施捨

今天你視而不見的
路旁蹲著的吃著餛飩的乞丐是啞子
。

─單戀─

賣火柴的少女的火柴仍然乾燥又如何
。

─失戀─

不要招領了也不要充公不會有了局的
我不去招領處我知道不會等我的
去招領處的都是蠢人幸運的蠢人是極少數的
我主管過招領處喜愛過一些不屬於我的失物招領
。

—熱戀—

我處在雲端我飄飄然處在雲端
我被蒸乾之後俯察你發出的亮度計算你燃燒的時間
。

—倦情—

朦朧中彷彿聽見丈夫的囈語有事明天再說吧
熄燈號是下課的鐘聲
各自在夢程渡假
。

醉之況味

—微醉—

解凍的空氣嘶地冒起白煙
在朦朧的溫度中我見到
妳的羞澀用淺笑來掩飾
。

—沉醉—

我在月色釀造的湖面上仰躺
靜聽著浮波的曼唱凝望著

妳酡紅的臉頰自水面昇起向我漸漸滑來
救援失敗
一起死在湖底

。

—宿醉—

醉夢中的空白把昨日填塞完整
記憶中的酒精揮發之後絢麗的眼影
也蒸發掉了顏色
鏡子裡的男士淡如浮水印而唇印
睏著
真是潦草的情意

。

—第四個醉—

第二個醉止第一個醉
第三個醉止第二個醉
第四個醉
我累了
讓我好好醉一場吧

。

—最後一醉—

這次是最後一醉
要戒酒了妻子說沒有錢買米
米缸空了
我真是窮

餓死事小
失節事也不大
只恨再也沒有釀酒的材料了
。

歡之況味

—尋歡—

洗著一疊各種色彩的紙牌羅列
鈔票的劃一總嫌單調
換點顏色吧
每一張不同的紙牌都預示著相同的運氣
同一張卡刷著朵朵症候群的桃花
。

—求歡—

把月亮安置在妳頭上
把高山和著海水研磨寫著情詩般的盟誓
獻上一捧花臣伏於妳的裙擺
這陳腐的陋規
妳還遵循嗎
我是一個新腐敗主義者
等待重新發酵的新腐敗主義者
。

—失歡—

半盒蜜粉半支口紅半罐化妝水
半盒眼影半支眉筆半罐卸眼液

半瓶隔離霜半條防曬油半滿的乳液
半打一半的香水半濕的毛巾
空的五官
半包煙
半瓶酒
。

—新歡—

老夫老妻了妳還有什麼信不過我的
最近你的習慣改變了
抽著不同的煙梳著挺仔細的頭
還開始注意清潔這不像以前的你
像剛追我的你
你

我
我只想不斷成為妳的新歡而非舊愛
。

—交歡—

如果魚水交歡
魚為什麼歷著點點滴滴川流不息的逝水
水為什麼葬著世世代代更迭不止的死魚
如果雲雨交歡
天空為什麼化成雨時消解了雲
太陽為什麼蒸成雲時暫停了雨
原本是
生死交歡
。

－歡之況味－

表情長在臉上而心情
縫綴在四處各地及
鐘錶上
痛苦是不可切除的器官
因此我們在它表皮自然生出
良性惡性腫瘤
對抗的過程中
這對抗
是亢奮的
是痛快的
。

別之況味

—愁別—

我瞪視著窗外透進來的……
……世界各地的銀光……翻轉著……
……身軀……感受床褥不可思議的……軟硬……
……適中地……製造餘溫……
……客廳中我的行囊……窸嗦著……母親的手……
……與夜燈……
。

─小別─

洗掉了樸樸的風塵
桌上的棋局竟然對峙了數日
調教燈光的柔和
我刮去鬍渣
妻把殘局收進盒子
。

─送別─

回去吧天色已晚而路
難行　的是孤寂的夜獨行
是的你也回去吧天色已晚而路
難行　的是孤寂的夜獨行

。

―道別―

現在才知道瑣事永遠說不完
靜好的沉默錯覺成一種浪費
牽著手而不是擁抱
想用無味的閑話稀釋落淚的感傷
泛白的骨節中我見到
淚凝然對視
偷偷沉默在嘈雜的瑣事網
圈禁

。

－死別－

警鈴聲中醫生急急趕到
別死別死醫生從容地說
放心放心死別的是心跳監視器
機器只會壞怎談得上死
那我就跟你說他也只會壞不會死
這
沒有醫德的醫生也許另有一種德行吧
。

－永別－

我們處在一個永別的世界中
記憶永不同於上一秒秒裡的分段也絕不能同

永別了世界永別了
一切
永恆匿笑著
永恆著匿笑
。

一別針之別一

我有很多別針不代表分別的
別針的針是為了勾抓而設的嗎
我有很多別針也有一些代表分別
別針的針代表刺痛嗎
與針相聚是不是一種痛
我也送出很多別針
與別針分別

別針的針確曾勾抓住一些人
我還送出一些卸下針的別針
不勾掛不刺傷
讓別針與針
分別
。

折扇之性格

—題扇之一—

新的折扇舊了仍然清清白白不題一個字
數十個人給過建議關於題什麼字
由於它是現代化的一種怪異
便將手漬及灰塵題在扇面與扇骨
。

—題扇之二—

舊的折扇看起來仍然是新的它不曾被題字畫圖

我讓它保持寂寞以免過於煽情
扇子不曾開天眼所以風是清涼的
它的裡面沒有一個個世界它是一堵牆
。

—扇之搖擺—

折扇這舊傢伙捏在手上倒也新奇
沒有詩句好像裸體它很前衛
搖擺它的身體肉感有如馬蒂斯的女人們
扇子這舊傢伙投胎得新潮而且顛覆
。

—扇之拉皮—

扇面顛簸坎坷不能題字人說

得先作拉皮手術
我可不樂意忙說
她只是骨質疏鬆症
。

—清廉之扇—

折扇有二十四顆眼睛當她睡著時數不清的
眼睛張開了也沒有一個景觀她只有呆滯的眼
題字吧題字吧給她脫離文盲的機會吧
繪彩吧她張著眼也還睡著的她總也是渴求的
你們全都弄錯了她是長袖善舞的袖袖清風的
甚至她藏不住些什麼
爾且不要懷疑她
。

—像扇子—

她是少數需要冬眠的動物可是不見得怕冷
不然不然她是夏天的闊葉植物冬天的針葉林
不是的她是逃避夏日這妒婦抬頭仰望頷首著的情婦又打入冷宮的棄婦
於是我在冬日攜帶折扇放縱我的多情
。

—扇之動靜—

張開它的蹼懶懶地划著空氣游走世間
東行西走它還蹭著說書人的胸口也划著唾沫
它搖頭晃腦走遍大江南北不沾一靴泥它用飛的
也不是飛的它乘著那人的飄泊大江南北去
它大江南北風塵樸樸永不沐浴更衣

古今中外儘問它去吧它就只是瞪著你
。

—扇風—

扇子且儘說它扇子的我並不要它代我說些什麼
不說一句時很安靜要它說時它也就連連歎息
給它寫上什麼畫上什麼它也還是歎息連連
它根本不認你的詩你的畫你的格言你的化妝
它有骨也能風它自有它的風骨管你塗它當小丑
你的古今中外奇事趣譚它都歎息說風涼話
把它闔上閑置一邊它也永遠不會理你你以為它屈伏了
是啊但它死性不改張開來繼續同你風涼一番而且歎息
你沒點兒辦法你有體溫它沒有
就算要它旺一把火它也還是風涼

。

—折扇之性格—

折扇不要團扇的圓滿也不喜歡蝴蝶
它要求必然的隱私權即使沒有絲毫秘密
它當然懷疑被抽去一根骨幹製成團扇
因此它總是皺著它的臉面不能平伏

。

淚與吻

—一滴情淚—

商店裡鹽缺貨超級市場也是甚至百貨公司
我只好帶著妳到鹽田去證實它的荒廢其實這是不必要的
我們對坐在餐桌兩邊妳兩手撐著頭淒美地苦笑
我輕輕地說淡的也是很好因為我很喜歡而且調味料也是不必要的
妳仍然淒美地苦笑淒美地苦笑浮出一滴情淚
。

—吻痕—

我在妳的脣上唱著一首又一首各種口味的情歌要妳的脣也聽歌
不但耳朵聽不清楚眼光朦朧喘息的節拍很亂倒也合奏得好
多年之後妳說那種昏眩頭皮發麻的感覺仍然清晰
這不奇怪我知道我烙下的吻痕它該長智齒了
。

—吻之青紫—

吻痕是青紫色的很不好看像被毆打
吻痕是青紫色的很好看即使像被毆打
妳我充分活在一個互毆的世界裡
。

－庸俗之淚－

我的胸口濕了妳還在悲傷剛才的連續劇
淚一滴一滴連續上演不停好像時段不用錢買
不會的妳一點兒也不庸俗傻孩子我明白妳為世間庸俗掉淚
是的妳是庸俗的而我也是
然而我們是另一檔黃金時段這可真夠稀奇
。

－吻之浪漫－

妳總是嫌我不會接吻生硬粗糙而且很不浪漫
我要妳教我妳嫌我傻不得要領推開我
沉浸在浪漫主義之中浪漫派音樂浪漫畫派之中
妳幽幽地說好久沒推開你了

。

—淚痕—

寄了一疊各種不同顏色的信紙給妳
在收到妳空無一字滿是淚痕的那封信之後
。

—淚枕—

我翻過身來妳背對著我只遺下枕頭上的濕
聞著妳的枕頭撫著妳的肩很久很久
終於妳的肩一聳一聳的抽動洩露了未眠的秘密
溫柔地扳回妳的身子妳掛著淚滴笑得非常燦爛
。

—吻語—

妳我分隔兩地只能用書信電話傳遞著不確實的吻
妳說情話纏綿時兩片脣兒也要時時分離呢
。

—淚的濕度—

有的時候妳是個濕度很高的人靈魂之窗瀰漫水氣
卻對著一部經常故障的除濕機儘管卯足全力運轉也不中用
有的時候故障的除濕機依然故障然而發出的強大熱能竟能蒸乾水氣
滿頭大汗濕度驟然升高妳就微笑著幫我擦擦額頭上的汗
。

—吻與淚—

淚吻著妳的臉在我不能伴在妳身邊時代替我
我吻著妳的淚在我回來時

。

—淚與吻—

淚不是多餘的淚讓別後的擁吻更加溫軟潤著眼睛長久的乾澀
吻不是多餘的吻是一層又一層的封印開啟之後再加以封緘
淚不是多餘的不要多餘的水利工程
吻不是多餘的吻是淚的和絃
妳說我的淚太稀少裝不滿一個瓶子搖起來嘩啦嘩啦倒也清脆
我卻發現妳在我滴滴的淚上密密地刻滿妳的日記
我要為妳的每一滴淚寫作傳記用我的吻作為箋註

我用妳的吻編成手札在我的旅程中時時翻閱
妳說妳已將我的吻綴成風鈴挂在床頭上的窗臺作為迎接陽光的第一串音符
而我又將妳的清淚鑲在銀製的戒臺上吻著她陷入沉思
妳將我的吻分成兩組　粗心的刻板的
然後寂寞地自己跟自己下著圍棋
在我的行囊裡還穩妥收藏著妳各種不同晶瑩的淚滴一度被誤會是寶石商人
還有一袋妳各種不同風姿的吻我在冷清的世間咀嚼度日
或許妳會清楚旅行也是一種熬人的等待
而等待我知道亦是一段艱辛的旅程
我暗褐色的風衣灰灰樸樸而髮蒼蒼而脣乾裂蒙滿沙塵
但妳明白我並不枯萎我有吻也還有淚
我的淚不為什麼我的吻不為什麼我從不追問在見到妳之後
。

歷史——生死

─混沌之死─

爺爺死在我的孩提踐踏，某一本歷史書籍記載著。大部份人都至少擁有一個謀殺者，他的財產或他的財產，掠奪者。

我們誕生到世上謀取的性命不只一條。

如一首詩，即使不便夭折，會被作者謀殺、被無心的讀者圍殺。

當時我七歲，

插管的人並不老於六十四歲，年輕的鋼瓶，更老更老。

神奇啊！鋼瓶儲存秘密計量的性命，

這是否我編造的記憶？

除了這個畫面，整個死亡只剩一個棺木的景象：
「又在跟爺爺講話？」
一個背影說話令我一顫。

．

他們說我哭得最大聲，我不記得我傷心。
我記得得到傀儡戲偶的開心。
那傀儡戲偶哪裡去了？
我不記得我曾經傷心。
直到後來我意識到我確然或也許也是傷心。

。

－青澀之死－

我在金龜車的筆觸下機械生命，畫紙的空白雖解答一切，我畫上精細完整極具自信的問號。

青澀的基因群意氣風發，神經元、腺體越來越科學，我是異常精密的。

車子撞到狗身上，開始塗銷生命，歷史刻上地球自轉五百周。另一部歷史刻上地球公轉十七周。

敲門聲是脫序現象；急速敲門鞭笞理性；我丟下合理的機械論，去面對毫無理性的原始生命。狗的鼻子出血了。

「先擺在土地上吧，接氣。」

孕育與死都是吞噬，母親。

狗被車撞被車送醫院，人用機械殺狗與救狗。你們如此玩弄生命？

（不如說是機械玩弄生命吧！）

一個會動的標本也不會令我開心，

我因此一點也不想再見到她。

•

她的照片不多，跟古生物的想像畫一樣可靠。

她變成信念而非實體；對於我們的後代是可信的不存在。

即使她還活著，她也死了。
而書，可以永遠合理的寫下去。
。

－下一代－

我從未見過姊姊懷孕的模樣。
她出生時我正持著殺人武器，這是義務，這是一個殺戮與生育同等重要的世界。
我在塵土風中憐惜疲憊的軀體，而我想要一點她的消息。
我敢說，她與她的母親都比我疲苦。畢竟我未曾真正執行殺人任務。
我們維持食物鏈的順暢，她們負責壯大。
擦槍的時候，世界擠進電視進行選美。
・
（「綠色」、「和平」？我們藉著綠色爭取殺人而非被殺、藉著和平掠奪而非被掠奪；生養我們的給予我們殺戮的力量；

嬰兒，妳為殺戮而來，但終必靠和平保命；
妳加入了上億張嘴巴的大嚼，最後化做塵土、春泥。
如果妳有永恆，那麼我們究竟在這裡做什麼呢？）

•

（妳知道「添加A、D、E，讓你的寶寶更聰明，不含人工色素。」妳知道「中東新秩序」妳知道「又引發著作權與智慧財產權爭議」妳知道「將改寫基因工程歷史」妳知道「人氣偶像少女緋聞不斷」）
（妳知道「正義、公理」）
（妳知道「公理、正義」）
（妳知道「局勢再度升高，一觸即發」妳知道「免費送機票，暢遊南洋浪漫風情」）

•

夠了，妳將會知道得比我更多，嬰兒。
歷史常新！

永不可挖掘的才真正古老，那是人們真正的墳墓；一種安息的形式。
而妳，嬰兒，我們卻是亙古常新的歷史；
直到殺戮終結。
不生不死。
。

詩短調・一疋碎花布

－喝茶的人－

啜著一口草率的茶等待將到與不到的人們
雨下了好多天茶漸漸散漫起來
撕一塊雨景溶在茶裡我要回沖
我要回沖趁著滾燙融化雨景
茶裡的雨景又凝成一塊
還沒有人到來
我還能回沖出什麼到打烊？

。

殘渣

打烊了身邊的人全部消失
進食的時間到了
水泥與鋼鐵間歇地傳出疲累的飽嗝
我想找個溫暖的餿水桶住下
，

腰

下午三點鐘公園的長椅腰背酸痛
讓我坐下吧　腰痛人生
在下午三點鐘
。

—街道—

櫥窗裡的電視播著和樂的家庭生活
我不能想像
鎖在樓房裡店裡櫥窗裡電視裡我的眼瞳裡的和樂
。

—破碎—

杯子破了
她的弧形與尖銳變得更美麗
因為我們嫌惡美麗就是破壞
。

─片段之一─

龕裡的神像忽然開始說話了
停電時我開始與測謊器聊開了
。

─片段之二─

情人節套餐預約中
我拿起了電話重金預約每一桌以便讓它們到時空著
。

─片段之三─

任務命令我專程到警犬訓練所
跟蹤一隻無所適事的狗看牠究竟往那裡去

。

—女孩—

對面柱子邊的那個女孩在等誰
她看著推嬰兒車的老婦走過
手捧鮮花的年輕男子走過
賣口香糖的小女孩走過
開保時捷的停了又走
下了一陣小雨又停
於是換了一個姿勢繼續站在柱子旁邊
看我們誰先走
先走的即坐實提出分手

。

－片段之四－

開始營業的牌子一掛上我就進門
我總是做第一個顧客與老闆說第一句話
我要做她生命覺醒後的第一人
。

－片段之五－

拍賣會上的拍賣品全部流標沒人喊過價
你只是一個非賣品拍賣會
。

－存在－

為了一片空白我補上了這一行詩說這不是空白的

。

─報紙─

報上唯一引人注目的是老婦被果凍噎死
長毛入城時多少人自縊而死她為什麼不在
讀者猛烈抗議情節安排不妥
老婦應該死得壯烈一些而不是這樣的悲喜劇
人道主義者不是唯一不能承受喜劇悲苦的人

。

─片段之六─

拍賣會上的拍賣品全部售出一件不剩大賺一筆
謠傳外面下大雨
躲雨的人非常自愛慷慨解囊

躲雨也要收費　造謠也要付費

。

—支票—

支票兌現時她感到非常失落

一切都結束了嗎？

確定退票後她總算提起了精神

戲也才能開演

。

—片段之七—

我的家浬沒有三宮六院

因為全都蓋在外面

啊，都是救濟都是救濟

。

—先知—

所謂先知不是紀伯倫他知道查拉圖斯特不如是說
尼采說上帝死亡因為不想讓人知道他是上帝他很煩
。

—十大傑出青年—

我我我我我我我我我
。

—片段之八—

桌子中間槓上一條線分成左右
用右手整理左邊桌子用左手整理右邊桌子

小冤家！

。

—雨狗之一—

狗抖掉身上的雨滴坐了下來再出去淋一些雨回來抖
吠了兩聲吃掉剩下的狗食然後睡覺
我喜歡看狗為我表演抖雨

。

—雨狗之二—

狗醒了看看天沒下雨又睡著了

。

—明末三大儒—

黃黎洲上四明山當清朝的土匪明朝的忠臣
王船山躲了四十多年陰謀用往後文集被挖起的空白反清復明
而顧亭林倒也會作詩
。

—清初三大儒—

黃宗羲會作詩王夫之會作詩
而顧炎武倒也會作詩
。

—片段之九—

晚上上課的好處在不會與三點半衝突雖然月亮有時不兌現

明天我會苦苦哀求夜晚休假一天以便月亮可以躲債
乾脆叫白天也休假好了約夜晚去搭鐵達尼號一起下沉
所謂偷天換日就是三天不睡覺又打麻將

。

－糖衣錠－

她生病了不要護士為她打點滴因為自殺合法化
也因為自殺合法化所以她打點滴治好病然後吃毒藥
毒藥太苦她要求加糖衣

。

－上課－

今天沒有蹺課因為椅子想要逃走它怕冷

。

－片段之十－

白蟻跑來跟我說要下雨了白蟻跑來跟我說要下雨了
白蟻跑來跟我說要下雨了
白蟻跑來跟我說下雨了
而狼也來了
。

－公案－

燒金閣寺的其實是芥川龍之介三島由紀夫沒發覺
切腹用的是南泉斬貓用的那把刀
於是趙州和尚就買鞋去了
。

—片段之十一—

鴨子在湖面上走路我很想教牠游泳

。

—下沉—

鴨子在湖裡都是浮起來的在鍋子裡都是沉下去的
魚在湖裡都是沉下去的在鍋子裡都是沉下去的
我們也是沉下去的

。

—片段之十二—

一粒沙中見世界是針孔攝影機的理論基礎？

。

—讀詩—

詩讀不懂沒關係
但你懂了，這也不是你的錯
。

—苦咖啡—

咖啡店的女侍與老闆吵架為了使用糖罐或糖包
顧客很體諒都點苦咖啡不要加糖
生意越來越好
為了不要女侍與老闆吵架
。

—新魚—

走了過去魚成群過來看我正要做什麼
河豚死在缸裡魚全部陪葬
換了一缸新魚牠們還不想看我而我也是
我不再把魚缸當成鏡子照
。

—一疋碎花布之第一句—

一疋碎花布圖案非常多而且不用看清楚
。

—一疋碎花布之第二句—

一疋碎花布可以每天看一點點看很久再從頭看以為另一疋碎花布

。

—一疋碎花布之第三句—

我用碎花布做枕頭來做很多情節的夢省掉電視機用電

。

—一疋碎花布之第四句—

做衣服來到處遊玩很久不用洗越髒越繁華

。

—一疋碎花布之第五句—

做窗簾拉起來窗外東西好像很多

。

—一疋碎花布之第六句—

做桌布可以顯得桌子一點也不冷清。

—一疋碎花布之第七句—

她用碎花布做一件洋裝穿在身上躲在花叢裡教我找不到。

—一疋碎花布之第八句—

用碎花布包裹死去的貓咪早些化作春泥更護花。

—一疋碎花布之第九句—

用碎花布裁製禮服與我結婚嘲笑我很花心
。

—一疋碎花布之第十句—

用碎花布襁褓我們的孩子送給他很多色彩遮掩單純
。

—一疋碎花布之第十一句—

每年生日她都送我一疋不同的碎花布告訴我其中的每一個圖案
。

—一疋碎花布之第十二句—

她知道我喜歡碎花布不同的和原來的

。

—一疋碎花布之第N句—

我還想要一疋碎花布

。

—一疋碎花布之第N＋1句—

死局在於如何脫離四方連續圖案

。

╳字架

╳字架──血・十字架

十字架中心綻放
一朵五芒星
相互背負
聖潔與榮耀

・

光芒來自於焚燒
罪惡生下十字架
這個人！頭上箍著荊棘
用痛苦來結合一切

・

謊稱這人死亡的那人
使盡力氣哄睡他
或者說，哄睡我們大家
以便他靜靜養傷

・

那人是這人的僕人
但有時由僕人作主

・

為沾染血污而生的十字架
必用血來塗裝
完工
。

╳字架——手稿製造機

考慮好一句詩
詩人在櫥窗裡寫詩
人們觀賞著
他想，我是一部
手稿製造機
。

╳字架——貓藍

貓的藍色
無聊的午后
打翻藍墨水瓶
灑滿我空無一字的稿紙
。

╳字架——在地獄劇場

在地獄劇場
變個魔術
帽裡掏出兔子
兔子從帽裡掏出
新的魔術師
失業的魔術師
叩天堂的門請求救濟
。

╳字架——佈道

別動！這單純只是搶劫。
世風日下，
也該是道德重整的時候了
·
銀行員默默掏出手槍
啊！真是令人厭煩的福音傳播者！
。

╳字架——神學

骨頭退化成肌肉
肌肉退化成衣著
衣著退化成肌肉
肌肉退化成枯骨
・
神父！上帝果真依祂形貌造人嗎？
我們為何遮掩上帝？
。

╳字架——主日學

今次主日學學童異常乖巧
不是上帝，不是糖果
最壞的學童
把糖漿抹在聖像嘴上
。

╳字架——啊！是你！

修女閉眼更衣、洗澡
修士沉默不語，十七年
他看到她可疑的眼角疤痕
他讓她看胸口的疤痕

．

多久了？卻低吼：
「啊！是妳！」「啊！是你！」
還好聖樂及時奏起掩蓋聲響
。

方陣詩

戰後

敵軍來了。負郭良
田竄逃不到後方就
被截留。不願資敵
自絕經脈。他們就
得到了一片荒漠，
也這樣榨出原油。

・

樹拔腳奔跑。後有
敵軍。被圍困高地
成了密林。有的被

抓去製成了槍桿與
斧柄。有的被抓去
成為宮牆伴園柳。

・

負郭又墾植出良田
也疏疏種著些樹當
做家人。眼裡弄成
以往模樣，彷彿是
什麼都沒發生。只
孩子不是抱來的。
。

腰折

在自己的家中冷藏，你
當然被斬斷丟棄。成為
半殘障的休止符。馬蜂
在窗外嗡嗡。小販販賣
熱狗並附贈你的消息。

・

在自己的房間烘烤，我
不是佛。在焦渴麻木後
焦渴。曾經頂禮膜拜我
這些頑陋的上師，出了

禪房謂有得而我無得。

・

在自己的床上臥軌。他在彈璜床上實行軟性的豪華的死刑。肥大的肚壓陷腰。斷了。上半身完好。完好的下半身。

。

生命

機器人坐在電腦前
打字寫著詩。新細
明體做稿，稿成換
標楷體。為了逼真
他抽著一支支菸。

・

人呢？來讀詩吧。
寫完詩的那人起身
拖著麻腿跛腳走到
老舊漏電的冰箱前

顫著手想拿啤酒。

。

哭哭

一家人，飛迅的爺爺，爸爸媽媽
兒子女兒女兒。吃完晚餐及晚餐
時結伴各自帶開去遊逛。逛來又
逛去。有時他們這一家子誰跟誰
相遇，自己一笑。對面不相識。

•

這兩年這群老黨每天聚義開大會
或如平常喝酒笑鬧言不及義之義
義重如山。一日不見如三秋兮。
吃的東西越來越漂亮，狗呢也是

大家相熟，孩子多大誰都清楚。

・

然後我們就跟好幾人公開地暗中戀愛，人來了咱們就談一場長期短期或一夜情愛。今天分手明天還可以換場再來。休息很寂寞。可是我們都有正事，辦及待辦。

。

民謠

有一個女孩不叫甜甜，從小
也不是生長在孤兒院，她沒
有許多好朋友相愛相親又相
憐。但是這裡的人情最溫暖
而且呢這裡的人們最和善。

・

飛呀飛呀小飛俠。在那天空
。邊緣。盡情的飛翔。看看
他多麼勇敢多麼堅強。為了
正義他要消滅敵人。長大後

為了公理他要選立法委員。

・

屋頂鐵雞公。屋頂鐵雞公。屋頂，鐵雞公。鐵雞公。鐵雞公。屋頂，鐵雞公。我們是正義的一方，要和惡勢力來對抗。重點是今天南風。

。

髮事

搔頭刺了一串肥蝨。她賂了卒，來看郎。肥菜半獻卒、半匀郎。肥蝨只給郎獨食。卒莫非虎狼？不嚐妾的肉，單嗜妾的血。烏銀的搔頭。

·

執役男子咸簪銀步搖。主公隨地捉忞眾女使。轡即止。管他權富傾當代。掌生殺。左度支。砸盡珊瑚早已不如小撕一扇。還有嘴上臙脂。

•

小夜叉。鬼醜鬼醜。藥殺了幾個唐朝美女。嚇殺了幾個六朝烏衣公子跟班嫩姣童。埋種了荊木幾百年。製釵。簪之。荊釵布裙不掩國色。
。

民主

伙夫擅長烹煮睡眠
給他的主人。灑點
呼嚕，澆上一杓口
涎。席夢思裝盤。
最後擱上整條辣椒
．
車伕擅長走夜路。
綠的。黃的。藍的
。紫的。全黑的。
主人變黑之後，就

看不出整臉辣椒紅
・
伙夫與車伕偕逃。
之後。當然。一個
管伙。一個管車。
小倆口為了身後，
收了小主人。為子
。

電視史

奴家今年才二八。說解也不解人事。西側門。嬤嬤買花麼。買花。買花。見了秋千。幾回。咋教人見。賣花買花。

・

妾身寂寞秋千。隨風。與蝶。想年卻已三八。左監右婢群攘攘。本宮今朝不悅。花春開來。

地春暖。那人去買花。
・
哀家何有春怨？早無春
天雨露。行年才四八。
兩個賣花時節。又暖。
早知花時四時有。死了
花郎腰折骨摧。哀家。
。

癩癩人生

四爺患了癩病。炸醬
氣爆的臉容，若是能
長在麵上可有。多美
多香誘人。這裡誘來
老道說。珞珞如石。

・

二仁哥患了癩病。通
告。秘密告倒醫生。
告倒金再買個磨匠。
通告再延兩個。二仁

哥沒事。充電。而已
．
癲老四也患癲病。吃
炸醬麵大家躲。不吃
炸醬麵。大家。還躲
炸醬麵廚王癲老四。
今天不在。接通告去
。

今日史實

詔曰：鐵桶江山裡。擲
骰子。贏的拿去。輸的
。再擲。乾的。回家抱
老婆去。老婆卻跑了。
管你甩手、拎銀。欽此
．
子曰：肚子餓了。聖人
吃飯。一簞一瓢。吃獨
食。道德文章妻子衣服
刷卡利率二十趴。嫖了

科舉。自宮科舉。仁矣

・

小狗子曰：黑狗子進京

至尊管他娘。贏了落袋

輸了混賴。革命就好。

太平有啥好？急了俺。

偷個衣冠扮聖人。娘的

。

當年歲

老馬夫牽著揚州
瘦馬見那有錢的
主兒。牙口還細
編齊。臀膘有力
腿長。五百兩。

・

小馬夫牽著揚州
瘦馬見那有錢的
主兒。牙口還細
編齊。臀膘有力

腿長。五百兩。
•
多年後，瘦馬更
不得不長膘。是
秋高馬肥？誰說
不是有年頭？都
不值了五百兩。
。

胡牌

四人圍一桌坐。合夥
疊積木。分成東西南
。北風。誰發財誰就
不發財。城起城倒。
自然風化。不如推倒

．

學者教會學生。圍打
一桌五人麻雀。建築
四合院一座。南北廳
。東西廂。榜首正中

發白。罰下海扛招牌
・
疊成七層寶塔。麻雀
每一層貯存不同面額
舍利子。學子們啊。
積年高築擎天巨塔。
此刻萬不能胡了推牌
。

公公

劉公公曾把這孤兒
當己出疼。牛與馬
給他做。烤也行。
餵這龍身登大寶。
他贖回大寶。歸去
・
米公公卻當兒子。
私養。也說不出的
自爽。老龍死了說
兒啊保重。而公公

沒當成孫子。公公・崔公公在公園玩耍孫子。孫子在公園也玩耍公公。公公。要騎牛。要騎馬要糖。大寶乖。喳。

假言

私車變成專業公車，就
上書。攝萬歸一言的：
唵。近來上奏的不再是
一群舉子。而是舉子及
橘子。失業的舉重國手

・

公車幾次路災。皆因為
天人感應。五德不順。
自燃天發火。下罪己詔
還寫白字。然罪不在朕

朕就是這樣剪貼的漢子。

成家

祖奶奶的風月。比黑天還高。是奶奶恁娘的壽與天齊。一妻夫生下了奶奶。一妾夫生下了舅爺。舅爺初嫁了。俺也才一歲半。

・

娘恁娘給娘聘了俺爹。爹恁娘說俺爹與俺舅爺一般大。恁說恁與俺祖奶奶妾夫。一般大。祖二爺爺疼爹。因此像疼自己心肝。

．

自爹生了俺。說生兒不生女。緩急非可恃。俺就入了革命黨。拋了投壺灑了狗血。可自俺嫁了她家。倒三從四德就盼生女兒。

。

麻三斤

落葉灑在人行地磚上，歸鄉路，斷了歸鄉路。老和尚打殺女人，不打殺蚊子，也是荒郊野外

我說尋你尋你尋，永世牽護著你，盹根兒。印度充滿了張先生，帶回來這

，沒準兒是真身。

做記號，以免今天
遺失，可是贗品，
還是贗品，瓦上，
一隻銅貓，擦佛的
尼姑，心中有佛
。

逃恩的雲豹

像我們這樣，純掠食的，比被掠食的承受更大的饑餓，至少食物不會乖乖地長在那兒不動，就等我。

穿著一身網紋，在草、樹之間，不容易被看穿。如此，當我匍匐，我正穿著整襲草原、森林，視野一樣的大大一件。並在最好的距離跟動線上，一瞬不及間收網，這時你才發覺我只是這麼一張小小的網，其實不是網這麼小，那只是地網收網後的尺寸大小。

我不會去惹太笨大的東西，例如獅、虎、熊等，他們的確強大，但我不招惹卻不是為著害怕，而是因為將會耗去太大的勁兒，最終一無所得；他們也不會惹我，原因是同我一樣的。所以，他們雖然比我粗大有力，我沒有必要、沒有理由承認他們比我強大。其實你可以問問林野間的被掠食者，究竟誰才真的比較恐怖、難防。

對於弱的，我是強者；對於強的，我是謀略家。

取火

我以為我雖非最強的，但沒有真能強過我的。儘管有些巨獸如獅、虎者我摜不動、殺不了，但他們也惹不得我，他們制不住我。

可是我還是被殺傷、獵捕了，一截木桿刺入我的後腿，我跌下樹來，跑了許久，另一截木桿又插入我的後股，我又跑了許久，氣力將盡，終於被幾個繩套套住，被幾個人綁了回去。

說真的，人很神奇，動作又慢、力氣又小，很容易獵殺，但他們會飛出木桿鑽透對方肉裡，根本無法閃避。人很神奇，腰間或背後會長出木刺，而木刺跑得比我快，甚至比我的眼睛快。

他們叫他「女巫」，不知他怎麼弄的，一下弄痛我，一下綑住我，後來我被木刺刺傷的兩處慢慢倒好了。呃，他們沒有吃掉我？

女巫叫我要報恩，幫他們上山取火。這當兒，我雖然慢慢聽懂了一些他們的話，可是還是很多聽不懂。比如「恩」、「報恩」，那是什麼？他們不吃掉我，則為什麼身上拉出木刺刺我？我腿好了又說他們對我有「恩」？這不是很傻嗎？我不想吃時就不會去獵別的動物，既獵了就是要吃，為什麼要不吃，然後用「恩」來放掉獵物？算了，我也並不想搞懂。

又說「火」，一種會熱又亮的東西，可是每天有一半的時間又亮又熱啊，還要去取？取了那個肚子就不餓嗎？一樣，我也不想懂，我沒興趣。

女巫沒法了，只好跟我說，若不去幫忙取回來，就要一直追著我讓木刺一直追來扎我。這回他說的我可全懂了，沒有絲毫疑問，而且只好照做。我學人類嘆了一口氣，就出發了。

到了山上，先躲在暗處，我看到了「火」，看著就像，像女巫講的那樣，並沒有很難辨認。

有好多個火，有的有人在旁邊，有的沒有。這樣，拿個火是很簡單的，只要無聲、迅速，瞬間拿個火跑走是很容易的，人類畢竟很遲鈍，不專門要飛出木刺刺你時，跟個受傷的猴子比也差不多。

沒料到我一拿火時痛得急縮手叫起來，這火怎麼拿呀？沒法拿呀！比木刺刺肉還痛呢。我只好又躲到暗處覷看。

啊，原來不要直往「火」拿，像那些人拿有火的木條就行。可是仔細四處看，他們在做什麼？火那麼痛，他們竟拿來放兔子、羊、牛，和其他一些，還有……雲豹！這……比木刺刺到還恐怖呀！取了火回去給女巫，不就要我躺火上嗎？

我情願一直逃，一直躲著人類，我……絕不取火回去！

逃恩的雲豹

（01）這世界我無所求
好像不能及的雲朵
誰能攫住？

・

整個世界容或有我
不能撕抓
例如你們所說的獸中之王
你們將國土封給了牠
（他也這麼受了）

我則在國度之內化外

・

諸如你們所說的

蒼空之爪

同樣源起於大地

・

而我恣意分潤大地所有

我摒除了虛銜

我無所求

。

（02）被刺

我不是王

是不羈的勇士

是不受任何王者轄制的勇士

・

世界與我何仇？

我不曾招惹獅牙

鷹爪

牠們說我不是易與之輩

・

但我的速度竟然不及

尖頭的木桿

智慧鑽破了我堅韌的皮肉

不輸於獅牙

這是我永遠不能明白

世界以外的力量

・

儘管跛行竄逃
仍然遠勝於醜陋的二足獸
．
我以為他們是鷹隼的利爪
第二根木桿又從我的腿根長出
．
不痛了，第一次我
有了回憶，看見亮光的痛楚之後
用盡氣力的吸吮之後
憶起了第一次閉眼的睡眠
．
世界，結束了？
。

（03）人

沒有尖喙獠牙利爪　速度
天生不在獵殺
沒有翅膀飛空沒有短捷雙臂遁土　速度
天生該受獵殺

‧

我曾經獵殺過
一個人
非常無趣
而幸福
生活並不艱辛

‧

‧

這回人卻獵了我
不同的人
不同的人嗎？

．

只有一點不同
他們手上長出的木刺超過了所有的
速度
紮進我尚未緊繃的腿肌
生活開始艱辛

．

原來世界有不為人知的艱辛
。

（04）女巫

醒來的時候
木刺已經拔除
但女巫的手猶如木刺

・

神奇的手啊
那麼瘦弱，沒有粗實的甲爪
像我的舌舔著我的兒
傷處
還有木刺的疼

・

雖然我非常不明白地纏緊在木架上
人們圍過來供我觀賞

木刺呢？
這些不是我所知道
慢騰騰的「人」嗎？
我越看清他們
越不了解他們

•

嘈雜的人聲
只聽懂女巫說
「你必得救贖！」

。

（05）救贖

雲豹啊，你曾受過傷嗎？
像你們這樣裸裎的生命

強壯，是唯一活下去之路
不能一刻失去
你知道的
草原能在一頓飯的時間之內
吃完你這一頓飯
你不可病、不可殘、不可傷
不可不能隨時躍起戰鬥的躺臥
你們是沒有休息的族類
但你今天見證了救贖
這是神意！
也必有神諭

・

神是什麼？
能幫我撲倒羚羊？

能為我擊倒野牛？
還是牠將獻身
由我飽餐一頓？
莊嚴的女巫啊，
我已知道人們能夠想得又多又細巧
但除此
整個草原都是自然主義
無神論
。

（06）火
不拘如何
足以使你淪為獵物的腿傷
已得救贖

為我們到山頂取火吧，雲豹
救贖不是一種恩典嗎？
你要報恩

・

莫說報恩啊，女巫
當我撂倒了羚羊
牠除了讓我吃盡
我不知道還需要放了牠報什麼恩
如你所說的神諭
你們的神究竟需要什麼報償？
還是來說說火吧！
火是什麼？你們的神為什麼需要火？

・

不，是我們需要火

那在夜裡能給予溫暖、光明的火

・

而你們的神無法賜予你們火？

。

（07）神諭

以下是女巫神學的代表作：

・

神的意旨並非凡人可解
光明與溫暖
人們仰望天上的火
每在夜裡熄滅
為祂的子民預藏地上的火
取火成了敬神的儀軌

遵奉神　在黑夜供起地上的火
學習神　役使子民役使萬物
獻給神

‧

以下是異教徒雲豹的邪說：

‧

我吃過人
沒有吃過神
在僅存吃與被吃的生命歷程中
容不下神，也容不下役使

‧

‧

那麼雲豹，
不妨將你所說的木刺

當成神蹟
神的子民顯示的神蹟
將一次次鑽入你那殺戮與奔逃的腿股
直至奉行神諭
取火救贖
。

（08）取火

我屈服於他們所說弓箭
這種神蹟
聽命人們的神諭
・
山頂上的火晃晃盪盪
遠不如天上的火圓

滿

・

採了一把火

這地上的神恩竟比箭傷還刺痛

・

人，為什麼需要這種灼痛？

為什麼要刺破黑夜？

・

而我，為什麼從人們那裡取得了思慮、辯證？

為什麼要去感受生命的困苦？

。

(09)火的用處

以地上的神恩為床

牠們趴躺著
翻身著
除了神的子民
・
他們咬嚼著
燒乾血液的肉
・
奇怪啊
神在天上的恩典
天上的火並不如此
我每日趴躺著
翻身著
確實感受到恩典
・

但地上的火
我不相信地上的火襯著的同伴們
感到恩
・
也許這是神威吧
人們所說的神恩
・
而我竟然開始懷疑神
或許存在
。

（10）逃恩

因此我必須逃
沒有神恩

就沒有神威
將一直逃離所有神的
神的子民
。

附錄：從藝術論到詩的解讀

引論

「藝術」，是人人都知道，且經常使用的字眼。但只有少數在此範疇中深入研究的專家，或藝術家敢於自稱了解它的意義及意指。當然，也有某些我們不便同意的論據；我們也看到許多互相指稱「誤解」，甚至直斥為「偽藝術」的情況。要從這些眾說紛紜的論述當中，求取一個確定的答案，或找到自己可以毫無疑惑依循的中心思想，是極不容易的。

儘管我們不能十分清楚，藝術究竟是什麼？但我們依然承認藝術是存在的，且是人類的重要活動之一。大多數的人不能肯定地自謂懂得「藝術」，但又不稍遲疑的認為自己或多或少也能欣賞一些「藝術」或「偉大的藝術品」。那麼，先不論不懂藝術的人到底可不可能欣賞藝術，或他們欣賞的到底是什麼；藝術之包含主觀成份是沒有問題了。它既沒有數學的準確性，也缺乏物理學的驗證性；它容許某些「誤差」，容許獨特的個性，並以此為其基本的質素。如果「藝術」不為「獨特」，那便容許被取代，則其似乎只能算是一種技術；也可以被完全的分析，亦即我們全然的掌握它的構成，或者可以控制它的效果、影響；如此，則「藝術」是可以預期的，可以被精密計劃的，且有理由為求取群眾間最廣大的感動而製作；這樣說來，藝術並不需要獨立個性，而是以群眾心理為依皈。那麼，便只能說是一門實用科學。

但則，藝術容或是一種主觀的認知，卻又絕非如此單純。當我們承認某作品為「藝術品」時，藝術已經具備了客觀的普遍性了。如果說，藝術是全然獨特的，絕對的不與人同，則藝術不單背離了文化，也並非人「類」活動，這樣，它便消失於人群之中，而我們竟無法承認藝術是存在的了。因此，儘管我們不認為完全取決於大眾口味的作品可以搆得藝術的資格，也贊同「獨特」才是藝術所在，但這種「獨特」是必須他人可以，或可能感知的；這毋寧說是對於所見、所感的一種不落俗套的見解。

不過，這裡出現了一個問題，既然「獨立個性」是所謂「藝術」的基本質素，這就是說，藝術雖然不能脫離人類文化，但它的精義正在於能（無論我們是否為此目的）超脫並提升人類文化，它的地位必得處於高過「普遍性」之上的境界；那麼，我們當研究的，是否應該僅是其價值所在的此種「獨特」，而非它的客觀原則？這卻是一種含混的意解，「獨特」

並非就不能具有客觀原則，如果我們從它的相對面來探討的話，將可更容易明白，而不致為詞意所誤。「概念」並不是一個單獨的存在，如果我們有了一個概念，那必是因為它不同於其他概念；如果我們要辨明什麼是「獨特」的，至少要對什麼是「一般的」，求得一個明確的概念。「獨特」不能捨「一般」成立，假使「一般」並不存在，則所有的造型、符號皆為「獨特」，亦皆可稱為「藝術」，則我們實在並不需要「藝術」這個詞彙，但這顯然是荒謬的。而我所說的藝術的「客觀原則」並非在說明它的「一般性」；相反的，正在基於「一般性」來探討藝術所以「獨特」的原理，把「其所以為獨特」從我們所見的表象由概念中抽離出來，看看它們的性質維何。在「不外於所見的表象」中「為什麼這是藝術？」，「為什麼那是藝術？」，如果這些的「為什麼」具有相類或呼應的理路（所謂「客觀原則」），則「什麼是藝術？」就並非不可以概念化。

我們已經知道，「獨特」，是可以用來區別藝術與非藝術的，但是我們還是不明白，「藝術」指的是什麼？

所謂「藝術」（Art）一語，源自拉丁文Ars，原意近於「技藝」之屬。大凡意指手工、冶鐵、外科手術、雕塑、製器等等的技術。亞理斯多德（Aristotle）說：「藝術是自然的模做」，這裡面含有一種「根據規則」（Rules）的意思。在希臘、羅馬時代，人們還沒有與技藝不同而我們所稱之為藝術的觀念。

到了中古拉丁語的Ars，則類似早期英語的Art，指任何型式的書本學問。例如莎士比亞（William Shakespeare）劇作 The Tempest（或譯《暴風雨》）中，潘魯庇羅（Prbspero）在第五幕第一景說道 "ope'd and let 'em forth by my so potent art."（張開口，借了我的偉大的法術放他們出來。）；到了十八世紀，蘭姆姊弟（Mary Lamb與Charles Lamb）作《莎士比亞故事集》時，也還把 Art 這個字當作「學問」來使用（如：the knowledge of this art）。可見當時，藝術概念只是隱藏、寄託在其他的學問之中，並未被充分的認知、探討。遲至十八、九世紀，「實用藝術」與「優美藝術」的分野愈趨明朗，最後，藝術在理論上，終於完全從技藝中分離出來了。

所以，我們當清楚，「藝術」的意義，不在它原來是什麼，因為它原來也並不是什麼。「藝術」不像花、草、樹等，經由觀察、歸納而賦予的名稱。它是純然人為的，我們用它特指一種我們所要指稱的意態；然而，它雖然可以是一種「概念」，我們又無法分析它的構成（如前所言），則我們竟無法說明「藝術是什麼」麼？亦不至於此，誠然我們不能解剖「藝術」的內蘊，但且讓我們像偉大的達芬奇（Leonado Da Venci）所做的，微笑的蒙娜麗莎是可描摹的；至於她的微笑，讓畫中的蒙娜麗莎自己表述罷！

藝術與藝術媒介

當一件作品發生「非藝術」與「是藝術」的爭議時，通常我們是在說，這個形象或意象的建構，只是一種技藝的完成；或是它並不代表技藝本身，而是另有所指。我們認為精良的技藝絕非藝術，但我們又為何常常須要在這當中將之區別開來呢？可見技藝與藝術間確有某種重要的連繫。

藝術為何總是不能擺脫與技藝的糾葛呢？或許是我們誤解了，其實它與技藝之間的關係不如我們想見的曖昧。

克洛齊（Benedetto Croce）在其著作《美學原理》中提到：

審美的全程可以分成四個階段：一，諸印像；二，表現，即心靈審美的綜合作用；三，快感的陪伴，即美的快感，或審美的快感；四，由審美的事實見到物質的現象翻譯（聲音，音調，動向，線紋與顏色的組合之類）。任何人都可以看出真正可以算得審美的，真正實在的，那首要點是在第二階段……。

——第十三章

審美的事實在諸印像的表現工夫之中就已完成。我們在心中作成文字，明確地構思一個圖形或雕像，或是找到一個樂調，這時候表現就已產生而且完成了，……藝術作品（審美的作品）都是「內在的」，所謂「外在的」已不復是藝術作品。

——第六章

這個看法是實在的，但只說明了部分的事實，我們承認藝術本身是「內在的」，但不能同意「藝術作品」也是「內在的」。「作品」的本身就是外在行為，是一種傳達藝術的媒介。

豐子愷謂：「藝術品尚潛伏在藝術家心中而未曾表現於外部時，叫做『內術品』。表現於外部，稱為『外術品』。」是。

「藝術」是獨立的意象，如果不經傳達，雖不為人所知，卻也不能就說它是沒有的。而

「藝術品」並不等於「藝術」，敷於造型，它只是石塊、泥團或鐵堆而已；敷於音樂，它只是具有某些規律的一串聲響而已；敷於文學，它只不過是一些紙張、墨水而已；敷於戲劇，又不外是一群活動的人偶。它們的價值全在忠實的模倣或傳達藝術，所以它們的價值可上擬藝術，但終究不是藝術本身。

如果米開蘭基羅（Michelangelo）已然斷臂，或貝多芬（Beethoven）在失聰之後，並不將他的感受再度化為具體形質（這裡是說聲響）表現出來，亦不因此就說他們已經失卻了「藝術」，這是極容易明白的。

因此，藝術是藝術，要將藝術近於真實的傳導出來，就得依賴精湛的技藝為之，藉由一個技藝的表象——我們所製造的藝術媒介，來傳達藝術。

英人科林伍德（Robin George Collingwood）曾對技藝與藝術之關係作過一番明白的剖析，他認為：

> 稱一幅肖像是藝術品時，我們所指的東西比這幅肖像更多。我們除了指畫家屈從於描繪逼真任務的藝術技巧之外，還指高於逼真任務的進一步的藝術性。

——藝術原理第三章第二節

這就是說，技藝與藝術是全然不同的兩回事，然而技藝卻可以為藝術服務。經由藝術的主導，藉著技藝的表象完成藝術創作。因此，技藝是達成實用目的的手段，且我們將「藝術的傳達」看做一種實用目的，並由技藝負責執行。

這裡，我節錄羅丹（Auguste Rodin）的遺囑來闡明技藝對藝術所做的供獻：

藝術就是感情。如果沒有體積、比例、色彩的學問，沒有靈敏的手，最強烈的感情也是癱瘓的。最偉大的詩人，如果他在國外，不通其語言，他能做什麼呢?不幸在新一代的藝術家裡面，有不少拒絕學習怎樣說話的詩人，所以他們只能含糊其詞了。

要有耐心!不要依靠靈感。靈感是不存在的。藝術家的優良品質，無非是智慧、專心、真摯、意志。像誠實的工人一樣完成你們的工作吧。

你們要真實，青年們；但這並不是說，要平板的精確。世間有一種低級的精確那就是照相和翻模的精確。有了內在的真理，才開始有藝術。希望你們用所有的形體，所有的顏色來表達這種情感吧。

——Paul Gsell筆記

在這段話裡，羅丹把藝術叫做「情感」、「內在的真理」，而「體積、比例、色彩的學問」、「靈敏的手」、「學習怎樣說話」、「像誠實的工人」，這不是在說「技藝」麼？這不正在說明技藝的重要，與技藝及藝術之間的關係麼？且「最強烈的感情也是癱瘓的」（只是癱瘓，不是沒有）、「他能做什麼呢？」、「來表達這種情感吧」，又不正表示藝術的傳導正是一種實用目的麼？至於「平板的精確」、「低級的精確」，實在就在說技藝之所以為技藝，技藝之所以不為藝術。

但是，我們應當注意，所謂的「技藝」、「實用目的」等，只發生在「傳達」之過程——即藝術的創造過程與藝術欣賞的實現。例如作詩，我們已經有了一個意象，甫一構思，便流入理性，亦開始了傳導的過程，直至得句、推敲、完句（此時亦可能得到更多意象），乃至他人吟哦諷誦，這些都包含在藝術活動當中；但自從「甫一構思」開始，到「他人吟哦諷誦」的這一串內、外行為，都應算是傳達的過程，它們不是藝術，而是技藝。至於被傳達物——「藝術」則非如此。藝術的位置在本初的意象，衍生的意象，及「吟哦諷誦」之時及之後產生的意象。

現在，我們已經清楚「藝術」、「藝術品」與「非藝術」（技藝）的區別及關係，將這些經常混跡於藝術概念中的雜質廓除後，便可對於「藝術是什麼？」好好的探索去。

托爾斯泰（Leo Tolstoy）在他的《藝術論》裡說道：

> 祇要視者聽者能感到創作者同樣的情感，這就是藝術。藝術行為是引出自己所受的情感，而藉著行動、線、顏色、聲音以及語言所顯出的樣式，來傳達情感於他人。藝術是一種人類行為，其中一人以一定的外部標準傳達所受的情感於他人，他人對這種情感也同樣的感受起來。
>
> ——第五章

藝術真是這樣的嗎？果是如此，則藝術可以「感同身受」一語括盡。托爾斯泰認為，藝術不但與「美」無關，也並非人類疲勞餘暇的遊戲、情緒的發散、快樂等，而是「為人類生命及趨向幸福宜有的一種交際方法，使人類得以相聯於同樣的情感之下。」

這的確是藝術的一個重要特質，但這只能說明藝術之可以傳達與藝術傳達的目的；重要的是，他釐清了其餘心理活動對於藝術涵義的不必要聯繫；不過，這猶不足以描摹藝術的形貌，且立論也嫌粗略。讓我們來考察一下，這段話的意思即「藝術是感情的精確傳達，並引發相同感受」。他又說道：「區分藝術真偽的唯一標準是它的傳染性。」（《藝術論》，第十五章）然而，有時我們有些簡單的情緒或浮淺的感受，未始不能透過既有的、俗套的型式清楚傳達。例如「你是我見過最美的女人」，設使這句話真是一名男子的心聲，同時，作為對像的女子也感到「我真是他見過最美的女人」，此時是否就構成了藝術？如果這對男女的心意都是真誠的，我們可以承認這當中的確帶有某些類似藝術的成份，但真正的藝術則遠較為深刻。我們在前面說過，藝術必須是獨特的、不可取代的，否則便落入現實生活的實用性，而非較高的精神層面。在這一方面，叔本華（Arthur Schopenhauer）有比較深入的發揮：

藝術家當作描寫的目標的藝術對象，從柏拉圖的立意來講，說穿了就是一個理念，再不是別的了。對藝術對象的認識，必須在藝術家的作品以前，而形成為它的根本、它的來源；這個對象不是特殊的事物，不是普通體會的對象，也不是概念－－那科學與理性思考的對象。……概念是抽象的、反省的，在概念的領域內它自己完全不能被決定，……理念，或許可以當作概念適切的代表來定義，它是絕對屬於知覺方面的，……只有那把自己超然高舉越過了一切意志活動、一切獨立個體性而達到了純粹認知主體的人，才把它認知（理念）。……藝術作品中體會出來重覆出來的理念，只按照每個人自己智慧高低的水準，而對他有或多或少的吸引力。

——意志與表象的世界　49節

藝術是「理念」，但他所說的「理念」究竟是什麼意思呢？據他自己的解釋，「概念」是綜合的思維及判斷，像個死板的容器，除了你放進去的，再也不能產生其他什麼。「理念」則像有機的生命，自己發展，並孕含創造力。模倣者、講究形式的人，從概念來製造他的作品，他們注意到什麼是討喜的、感人的，並將之固定在概念中，故其作品是沒有生命的，且無法消化，其雜質總是存在，只能是時代的產物。「天才」正為相反，他透過知覺的印像（理念）來轉化所吸收的東西，創造新的出來；最高度的文化薰陶也不致干擾他的創造性、原始性，這樣的藝術可長可久，永遠保有新鮮的吸引力。

例如我們常言的「空、有」義。設若盃為「空」器，水為「有」物；當「空」、「有」為「概念」時，它只是一種相為對待的關係，即空則不有，有不為空；我們以為這已經明朗清楚了，就「概念」（這是「物象」）而言，是的。「理念」（此為「物情」）卻不從此見；「盃中無水」是「空」的「物象」，但其「物情」則同時包含「空、有」；盃中無水固成其「空」，但因此「空」恰為盛水之因（空才有盛水的可能性），故已具「有」性，而若執此「空」不令為「有」，其與「有」同，失去「空性」，亦落「有」；亦即執「空」不使水入，此與「水滿不復得入」同，皆為「水並不入」，故稱「已有」。「有性」亦是，如水旋入旋傾，則此盃等如空盃，因其保持「可令水入」的狀態；若執「有」不令水入，其性又與「空」同，「空」為水不入，「有」則水不得入，二者水皆不入，為同一「物情」。是故，以理念而言，「空、有」的概念只是對「現象」的一種淺薄認識而已，且所有的概念亦都是一種浮淺的「計執」。

我們當明白，「概念」是死的，是「執著」的，它是一種「理性」的了別，儘管工夫做到極端的細密，至多能讓我們組織一個「物理」式的心理結構，它能助我們初步的掌握物象，但也就是如此了。「理念」的看待世界則是「了然對境」，可以無入而不自得；可以終日隨緣，終日不動。因為「理念」是對物的一種超脫「自我意志」的觀察及覺知，它用「世界的意志」來看世界，所以能夠盡得其情而無所偏頗；也唯有心靈的「自我意志」泯滅淨盡，才得一見「純然的理念」。

定論藝術

因此，藝術是一種心靈高度的、純淨的發揮；它是一種對事物超然的感受，一種完全脫昇社會觀點、理性思維的觀照；它之所以「獨特」，在於斷然去除一切人類習性的沾染，它只是把事物本身，乾淨的還給我們而已；它既不在意既成的概念，也不屈從於普遍的誤解。如果我們能感受到純然的藝術（無論是原創或被傳導。就另一個角度來看，感知只能是相類的；在這個意義之下，「感受」事實上也正在創作。），這個時刻，我們是清淨無瑕的，是卸去「原罪」的；道家的「能嬰兒乎」與佛教的「直觀」可說是相類的境界。正如華格納（Richard Wagner）所言貝多芬的「第九號交響曲」是「通往天國之鑰」。然而，這樣的陳義，是否太高，而自絕於群眾？縱使真是這樣，也是無可奈何的。堪稱「藝術」的，原本不多，能達到藝術頂峰的，更是難得一見；這是為什麼絕頂的藝術總是不被了解，甚至不能為其時代所認同。只是，我們要說，藝術其實是有程度等差的，絕對純然的藝術可說是絕無僅有，若不是相攘的心靈也無從判斷起；且藝術也不應被賦予「難、易」的概念，只能說是心靈如何，便感受如何。一個心靈高渺的人，當他接觸到較近於通俗的藝術時，通常感知到較多的雜質干擾，便不易感動起來；這是因為此藝術純化的程度原本較少。而凡夫日日浸淫於此類雜質之中，亦不能覺其不妥處，對於其中偶有的數筆超脫處反能認真的咀嚼一番，領略一番，而覺其頗堪玩味。反過來說，一個俗子不意進入藝術殿堂，由於彼此心靈相距太遠，至於完全不能契合，便得入寶山空手回而不自知；這中間的通道是截然不通的，並沒有難易之別。而具此心靈的人則自能領受不盡，亦沒有難易。

事實是這樣的，我們的心靈越能純化、淨化，則達到的藝術境地也就越高；我們的心靈越明澈，我們的直覺就越不受到雜質的干擾，越能讓事物的本相不經扭曲的照入，即是，不受「自我意識」的擾亂，例如我們以為玻璃是完全透明的，不知它正造成折射而我們並不自覺，這就是「觀」的障礙；此時，我們與外界其實是隔絕的，觀察不清的；當我們越能打破這層層障礙，就越能認清世界；果能徹底破盡此種障蔽，便與萬物打成一片，水乳交融。所以，藝術是什麼？藝術就是我們擺脫固有的或被形成的個性（意志）的一種成就。是以，我們且不要過度注意藝術作品的外在面貌，如梵谷（Vincent Van Gogh）的熾烈，拉斐爾（Rapheal）的靜謐，這當然是感人的或可喜的，且這是他們為人們揭示藝術秘奧與自然真理的方法，我們固然讚歎這些方法運用得如此高妙，但這還只是意志的一種表象，柏拉圖（Plato）說：「人們應該觀察的，並不是那些被稱之為美的個別對象；而是美。」藝術也一樣，一幅畫作，就是一個畫家的心血所寄；就像一個學者的文憑，文憑或許是我們評判的標準，但重點是，所以造成文憑的學識究是那些？這才是價值所在，我們能夠追究出來麼？「藝術作品」是我們觀察的對象，我們要是能夠觀察到它的「藝術」所在，也就是對於我們的心靈做一番洗滌了。

儘管藝術外顯的形貌依著人文發展而時時變動，它卻始終是人類對於洗淨不絕沾染、累積的塵垢所做的努力。

關於詩的誤讀、解讀

回頭談談詩，詩當然是藝術，上面說藝術是「心靈如何，便感受如何」，以此來看，同一首詩的相異解讀或評價，是否應該存在著堅決的爭論？詩是否存在「誤讀」呢？我想，「讀者與作者」、「讀者與作品」、「作者（亦兼讀者）與作品」是不同的三度關係；當讀者與作品發生連繫時，這中間的「感會」或者並非相等於或一定相類於作者的創作意念。

有一些派別的學者認為「作者」與「作品」是截然二分的；比如康德所謂「追溯作者意圖的謬誤」，近世流行羅蘭・巴特提出的「作者已死」概念等。這樣的理論，並非是說不通的，且有時在閱讀上，這也是一種真切的情形。比如作者寫「情愁」，然而讀者對於作品的感悟卻可能是「生命的急迫」或「慾念的不滿足感」……，甚至關聯更為淡泊，甚至相反的感觸；所以，如老子「清靜無為」的學說可以推出申、韓一派，也並不是什麼怪事。如果單就作品而言，並且站在「純讀」的立場觀看，只要「讀者自身的情感及思維」可以因作品

「被導引至深沉或純粹等的境地」，則此作品無疑是優秀的；不論作者與讀者是否形成感受思維的共識，「好的作品」已經建構了一個「格局完整精謹的道場」，作者及不同的讀者其可進入自作不同的「證悟」；甚且可以是更高深的體悟。在這樣的理解之下，「誤讀」一說不必成立；「讀」之一事，只有高下淺遠之別，並沒有對錯之分；而作品的優劣，將判在「完整」、「純粹」、「精緻」、「觸引」……等的「相構」，這也偏向了文學技藝的門檻了。

但是，這樣的說法只能是「文學效用」的一種「偏識」，而非「概識」。托爾斯泰（Leo Tolstoy）在他的《藝術論》裡說道「祇要視者聽者能感到創作者同樣的情感，這就是藝術。藝術行為是引出自己所受的情感，而藉著行動、線、顏色、聲音以及語言所顯出的樣式，來傳達情感於他人。藝術是一種人類行為，其中一人以一定的外部標準傳達所受的情感於他人，他人對這種情感也同樣的感受起。」（第五章）其中「對這種情感也同樣的感受起」一句雖嫌武斷，但讀者與作者因著「作品」而產生相類的共鳴，這卻不是什麼稀奇事；對於許多的作者、讀者來說，這且是「作品」本身最重要的效能。除非作者只情願寫些連自己都不知所云的文字，不然，願意「被了解」或「作品之表達被了解」應是人情之常。基於這樣的前提，「誤讀」確然可能發生。

而我以為，作品的閱讀，是可以容許多度向的。所謂「誤讀」，對於某些作品或某些狀況下，的確可能是極不相宜的。但若純就「文學欣賞」的本位而言，有時「非正解」（又不是猜謎遊戲！真的）是被容許的，有時「讀誤」是無關緊要的；甚至，它可以是作者刻意製造的迷茫歧路。例如洛夫作品「石室之死亡」，「石室」之不作解，有些讀者並不知道其創作所原為「金門坑道」；此時，讀者單就詞意所衍生的象徵意義，極可能遠較作者原初所想更為豐富、多巧，而繼起的「象徵繫連」不受「作者原構的思考」所限，則更為多維；然而整首詩的架構又不致使讀者飄揚的思緒流於散亂，這就是作者「精謹而開闊」的「魔筆」所在；甚至對於深沉敏銳的讀者，或能成就更深微的意涵，亦是可期。在這種情況下，「誤讀」似乎是不太容易成立的，而「讀出不同的深刻」卻很自然。

月亮二毛六便士
于山月小屋

語言文學類　PG2866　秀詩人109

詩短調・一疋碎花布

作　　者 / 張至廷
責任編輯 / 楊岱晴
圖文排版 / 黃莉珊
封面設計 / 吳咏潔

發 行 人 / 宋政坤
法律顧問 / 毛國樑　律師
出版發行 / 秀威資訊科技股份有限公司
114台北市內湖區瑞光路76巷65號1樓
電話：+886-2-2796-3638　傳真：+886-2-2796-1377
http://www.showwe.com.tw
劃撥帳號 / 19563868　戶名：秀威資訊科技股份有限公司
讀者服務信箱：service@showwe.com.tw
展售門市 / 國家書店（松江門市）
104台北市中山區松江路209號1樓
電話：+886-2-2518-0207　傳真：+886-2-2518-0778
網路訂購 / 秀威網路書店：https://store.showwe.tw
國家網路書店：https://www.govbooks.com.tw

2022年11月　BOD一版
定價：350元

讀者回函卡

國家圖書館出版品預行編目

詩短調.一疋碎花布/張至廷著. -- 一版. -- 臺北市 : 秀威資訊科技股份有限公司, 2022.11
面； 公分
BOD版
ISBN 978-626-7187-24-1(平裝)

863.51 111016806